GRIBOUILLE

CHEZ

SON ONCLE JEANNOT

TEXTE

PAR P.-J. STAHL

DESSINS PAR G. FATH

BIBLIOTHÈQUE

D'ÉDUCATION ET DE RÉCRÉATION

J. HETZEL & Cⁱᵉ, 18, RUE JACOB

PARIS

—

GRIBOUILLE

CHEZ SON ONCLE JEANNOT

CHARTRES. — IMPRIMERIE ÉD. GARNIER.

18, RUE JACOB, 18.

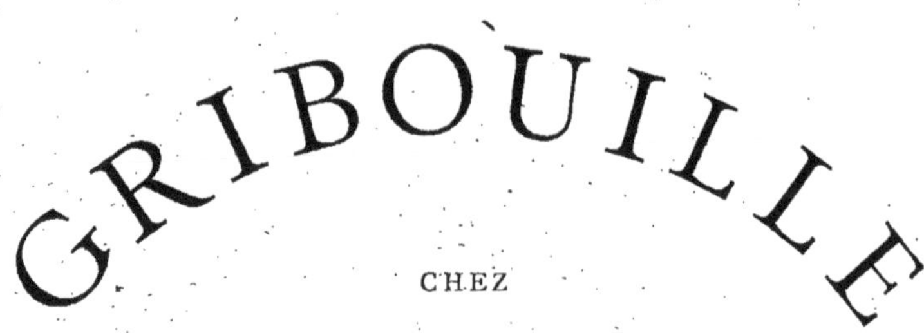

GRIBOUILLE

CHEZ

SON ONCLE JEANNOT

TEXTE

PAR P.-J. STAHL

DESSINS PAR G. FATH

BIBLIOTHÈQUE

D'ÉDUCATION ET DE RÉCRÉATION

J. HETZEL & Cⁱᵒ, 18, RUE JACOB

PARIS

—

I

Gribouille, avant d'entrer au collége, est venu de Paris pour
passer quelques jours chez son oncle Jeannot, un des plus gros
agriculteurs de la Normandie. Il est accompagné par Lagingeole,
domestique de confiance de son papa, qui a reçu la mission de
veiller sur ses actions et sur ses jours.

« Môssieu Jeannot, dit Lagingeole, je vous amène le fils de
not'maître, qu'est avisé comme une mouche et point méchant
du tout.

— Tant mieux, tant mieux! reprend l'oncle Jeannot. Il a
une bonne petite mine qui dit tout ça pour lui et qui prévient en
sa faveur. Allons, petit Gribouille, on va vous présenter à votre
tante et aux enfants.

— Oh! mon oncle, répondit Gribouille, cela leur fera bien
plaisir de me voir. On rit presque toujours en me voyant.

— Sois tranquille, répondit l'oncle, tes cousines sont gaies et
ta vue n'est pas pour les faire pleurer. Quant à Jeannot, mon fils,
c'est un petit gars très-accommodant avec lequel tu auras
bien vite fait connaissance. »

OH! MON ONCLE, RÉPONDIT GRIBOUILLE, CELA LEUR FERA
BIEN PLAISIR DE ME VOIR

Toute la famille est accourue. La tante, madame Jeannot, puis Jeanne et Jeannette (les deux cousines), et enfin le petit Jeannot leur frère et le cousin de Gribouille.

Après s'être embrassé avec emportement, la conversation commence.

« Que portes-tu là sous le bras, cousin? demande le petit Jeannot qui est fort curieux.

— C'est ma clarinette, répond Gribouille.

— Et dans quelle intention l'as-tu apportée?

— Ce n'est pas dans une intention, cousin, c'est dans une boîte, » répliqua Gribouille.

A cette réponse de Gribouille, Jeannot vit tout de suite que son cousin était rempli de malice.

Et l'effet que produisait d'ordinaire Gribouille ne manqua pas de se manifester sur Jeanne et Jeannette. Jeanne se cacha même derrière madame Jeannot pour rire plus à son aise.

Gribouille fut très-content du succès qu'il lui semblait avoir obtenu auprès de toute la famille, mais il n'en fut pas étonné.

GRIBOUILLE

QUE PORTES-TU LA SOUS LE BRAS, COUSIN?
DEMANDE LE PETIT JEANNOT

III

Après le déjeuner, ses trois cousins l'emmenèrent dans le jardin. Il s'agissait de le présenter à un ami de la famille qui avait sa maison à part, à quelques pas du bâtiment principal.

Avant d'y arriver, Gribouille eut tout le temps de s'en faire une opinion avantageuse, car c'était à qui célébrerait ses vertus. Sultan, car c'est de lui qu'il s'agissait, était un admirable chien de montagne de très-belle taille et d'une force prodigieuse. Brave comme César et doux comme un mouton.

« C'est le meilleur chien de garde du pays, lui dit Jeannot ; avec lui nous ne craignons pas les voleurs. Mais, sais-tu, Gribouille, il faut savoir le prendre. Il a besoin de bien connaître les gens pour se lier d'amitié avec eux. Quand ils ne lui ont pas été convenablement présentés, il les mange.

— Bah ! dit Gribouille, j'en viendrai bien à bout ; présenté par vous, je n'aurai rien à craindre.

Cependant, à sa grande surprise, Sultan le reçoit assez froidement. Il reste sur le seuil de sa niche, regarde Gribouille bien dans les yeux, comme quelqu'un qui veut savoir avant tout avec qui il va avoir affaire. Mais Gribouille, qui ne peut supporter une telle indifférence, a tiré de sa poche un morceau de sucre.

Monsieur Sultan est obligé de se dire que c'est là un aimable procédé. Sa dignité ne lui a pas encore permis d'ouvrir la bouche, mais ses grands yeux d'or commencent à s'attendrir.

MAIS GRIBOUILLE A TIRÉ DE SA POCHE UN MORCEAU DE SUCRE.

La glace est rompue; plusieurs morceaux de sucre sont sortis successivement de la poche de Gribouille. Sultan a daigné les gober avec des signes évidents de satisfaction.

Un commerce d'amitié s'établit dès lors entre le bon chien et Gribouille.

Malheureusement, l'idée vint à Gribouille qu'un grand chien comme Sultan ferait pour lui un magnifique cheval. Il passe derrière Sultan avec l'idée de montrer à ses gentilles cousines et au petit cousin Jeannot ses talents d'écuyer. Une fois dessus, tout ira bien, mais il n'y est pas encore. Sultan n'a pas l'air du tout de comprendre ce que son nouvel ami veut faire de lui, et il ne paraît pas que ces trop grandes familiarités de Gribouille soient fort à son gré. Rire, c'est bien, avaler des morceaux de sucre, c'est mieux encore; mais devenir cheval au pied levé, porter sur son dos un grand garçon comme Gribouille, non, cela n'est pas pour séduire Sultan.

GRIBOUILLE

UN COMMERCE D'AMITIÉ S'ÉTABLIT DÈS LORS ENTRE LE BON CHIEN
ET GRIBOUILLE.

V

Gribouille est leste. Il est parvenu à surprendre la vigilance de Sultan, et d'un bond il s'est mis en selle, à la grande admiration de ses cousines et de Jeannot.

Malheureusement, le triomphe du jeune cavalier a été rapide comme l'éclair; c'est à peine si on peut se souvenir comme d'un rêve de l'avoir vu un instant sur le dos de Sultan, tenant les oreilles en main en guise de bride. Comme tout ce qui est très-beau, cela n'a pas duré. Sultan, impatienté, a eu tôt fait de désarçonner son présomptueux dompteur et de s'en débarrasser. Pour le moment, Gribouille n'est plus visible pour ses cousines que la tête en bas et les jambes en l'air.

L'effroi a succédé à l'admiration. Une chute de cheval, cela peut avoir des suites très-graves. Cela dépend tout à fait de la façon dont on est tombé.

SULTAN IMPATIENTÉ A EU TÔT FAIT DE DÉSARÇONNER
SON PRÉSOMPTUEUX DOMPTEUR.

VI

Gribouille n'est pas tombé sur le nez. Il ne saigne pas, mais il ne bouge plus.

Se serait-il cassé quelque chose?

« Où as-tu mal? lui crie Jeannot.

— Il a toutes les côtes défoncées!!! s'écrient ses cousines effarées.

— Il faut envoyer chercher le médecin, dit l'aînée.

— Et puis papa, et puis maman, et même M. le curé, s'écrie la cadette.

— Je suis mort, » reprend Gribouille d'une voix dolente.

Grâce à Dieu, il n'est que moulu. Le premier émoi passé, il s'aperçoit avec plaisir qu'il est encore en vie et qu'il parviendra même à se remettre debout.

« Que me disiez-vous donc, dit-il à ses cousines, que Sultan était un chien de garde? il n'a pas su me garder plus d'une seconde sur son dos. »

Pauvre Gribouille! c'est sa finesse qui le perdra...

« JE SUIS MORT, » REPREND GRIBOUILLE D'UNE VOIX DOLENTE.

Jeanne, pour distraire Gribouille de sa mésaventure, lui a proposé d'aller pêcher un gros plat de grenouilles dans une jolie rivière qui se trouvait à l'extrémité du jardin de la ferme. Gribouille a accepté avec empressement, et l'on est parti en emportant les instruments nécessaires.

La pêche durait depuis une demi-heure, au grand amusement de Gribouille, quand Gribouille poussa un grand cri !

« Accourez tous ! Venez voir la grosse grenouille que j'ai pêchée ; ça doit être un père ou une mère.

— Ça ! s'écria Jeannot à son tour, c'est la satanée vieille savate à Gertrude, je la reconnais ; je l'ai déjà pêchée deux fois, je ne peux pas venir à bout de la perdre. Elle mord plus que les grenouilles. »

Cependant : « Coax ! coax ! » s'écrient les grenouilles, bien tranquilles sur la rive. Ce qui veut dire : « Si cela ne fait pas pitié, des pêcheurs novices comme ceux-là ! en vérité, le grand surtout ne vaut pas la peine qu'on se dérange. »

Les martins-pêcheurs eux-mêmes, des oiseaux qui d'ordinaire ne flânent pas en route et dont le vol a la rapidité d'une flèche, ne peuvent pas s'empêcher de ralentir leur course pour jeter en passant un salut moqueur à Gribouille.

ÇA, C'EST LA VIEILLE SAVATE A GERTRUDE, JE LA RECONNAIS.

VIII

L'amour-propre de Gribouille n'est pas satisfait. Il en a assez de la pêche. Que peut faire un pêcheur de sa force dans une rivière où l'on ne pêche que des savates? Il a laissé ses compagnons se livrer à ce singulier exercice et a préféré aller promener ses rêveries dans la propriété de son oncle.

Tout en examinant, en garçon qui croit s'y connaître, les cultures qu'il a sous les yeux, il est tombé en arrêt devant un pommier chargé de fruits qui peu à peu sont parvenus à accaparer toute son attention. Son oncle Jeannot le trouve assis à l'ombre de ce bel arbre et absorbé dans sa contemplation.

« Que fais-tu là, mon cher Gribouille? demande M. Jeannot à son neveu.

— Moi, mon oncle, répondit Gribouille, je regarde mûrir les pommes.

— Mais elles sont toutes vertes.

— Je l'ai bien vu, répliqua Gribouille, je m'y connais, et j'attends qu'elles deviennent rouges.

— Attends, mon garçon, lui répond son oncle, la patience est une belle vertu; je repasserai dans un mois pour voir si tu es encore là. »

QUE FAIS-TU LA, MON CHER GRIBOUILLE?

Gribouille, voulant se couper une baguette, demanda au petit Jeannot qui l'avait rejoint, s'il avait un couteau à lui prêter.

« Oui, j'en ai un... et un fameux encore ! C'est un souvenir de grand-papa que je garde précieusement. Je lui ai déjà fait remettre trois lames, autant de manches, et il ne paraît pas usé du tout.

— Tu es bien heureux, lui dit Gribouille, qu'on te permette d'avoir un couteau à toi. Papa m'a dit que j'étais si maladroit qu'il ne m'en laisserait porter qu'à ma majorité. Puis-je toucher à celui-ci ?

— Je n'en sais rien, dit Jeannot ; si tu allais te couper, cela serait de ma faute et ton papa se fâcherait contre moi. Mais, en attendant que tu sois majeur, tu pourras toujours bien le regarder. Prends garde, il est affilé d'hier.

— Oh ! dit Gribouille, si c'est comme cela, j'aime mieux ne pas le regarder du tout, se sera encore plus sûr.

— Mais qu'est-ce que c'est donc que d'être majeur, dit Jeannot.

— J'ai oublié de le demander à papa, répondit Gribouille, et j'en suis fâché. C'est bien désagréable de ne pas savoir ce que l'on doit être.

— Bah ! dit Jeannot, tu es très-sage, c'est le principal. »
Gribouille avait l'air pensif.

« Je crois, dit-il d'un air malin à Jeannot, que pour être majeur il faut être très-grand et tambour ?

— Tambour majeur ! s'écria Jeannot, c'est cela, tu as trouvé. Rien ne t'embarrasse, toi, Gribouille.

— C'est égal, dit Gribouille, si c'est ça, c'est bien étonnant ; papa ne m'a jamais fait étudier le tambour ; en tous cas, j'aimerais mieux être majeur que tambour.

— Les tambours majeurs ont de belles cannes, dit Jeannot.

— Et ils marchent à la tête du régiment, répondit Gribouille en redressant la tête. Je ferai ce que papa voudra. »

JE LUI AI DÉJA FAIT REMETTRE TROIS LAMES ET AUTANT DE MANCHES.

X

Un jour, après déjeuner, les quatre enfants, suivis de Lagingeole, étaient partis pour aller se promener dans le petit bois, derrière la ferme.

« Ce sera très-amusant, lui dit sa cousine Jeanne, nous verrons peut-être des petits lapins.

— Des petits lapins!!! s'écria Gribouille en pâlissant, des petits lapins!!! »

On n'avait pas fait attention à son exclamation.

Mais, au moment de pénétrer sous bois, Gribouille déclara qu'il n'irait pas plus loin.

« Pourquoi? lui demanda-t-on.

— Parce que j'ai peur des lapins sauvages. »

Un fou rire des cousines accueillit cette déclaration.

« Tout ce qui est sauvage est féroce, reprit Gribouille; papa Gribouille me l'a toujours dit.

— Sois tranquille, reprit le petit Jeannot, il n'en doit guère rester dans le bois, de ces pauvres lapins, on les a tous mangés l'année dernière. »

Sur ce mot, un lapin indigné sortit de son trou avec sa maman pour protester par sa présence contre l'assertion de Jeannot. La mère et l'enfant étaient à peine à trois pas de Gribouille.

A cette vue, Gribouille épouvanté fit un bond en arrière et se sauva à toutes jambes du côté de la plaine, croyant déjà avoir trente mille lapins à ses trousses.

« Il est aussi par trop poltron, notre cousin ! s'écrièrent les deux cousines humiliées; qu'il aille où il voudra, c'est un benêt. »

GRIBOUILLE ÉPOUVANTÉ FIT UN BOND EN ARRIÈRE
ET SE SAUVA A TOUTES JAMBES.

Le bon Jeannot, voyant ses sœurs parties, se mit à la recherche de Gribouille. On ne le voyait déjà plus, la peur des lapins lui avait donné des ailes.

« Où peut-il être, grand Dieu? Où peut-il être? s'écriait Lagingeole, qui avait non sans peine emboîté le pas à Jeannot. C'est que, voyez-vous, monsieur Jeannot, je réponds des jours de Gribouille fils à Gribouille père.

— Il n'est pas perdu, disait Jeannot toujours courant; soyez tranquille, monsieur Lagingeole, on ne peut pas se perdre d'ici la ferme. »

Cependant la pluie s'était mise à tomber. C'était une vraie averse, et Lagingeole se désolait.

« Gribouille va être mouillé!

— Il n'est pas en sucre, lui répondit Jeannot, il ne fondra pas pour si peu.

— C'est vrai, répondit Lagingeole, mais tout de même il pourrait s'enrhumer.

— Il y a de grands arbres sur le chemin, répliqua Jeannot; Gribouille aura peut-être bien eu l'esprit de se mettre à l'abri, sous l'un d'eux, au plus fort de l'ondée.

— Pour de l'esprit, s'écria Lagingeole, pour son âge, c'est étonnant comme il en a. »

On passait devant une mare.

« Grand Dieu! que vois-je? s'écria Lagingeole, le fils de notre maître est dans l'eau jusqu'à la ceinture; s'il était tombé dans l'eau la tête la première, à l'heure qu'il est il serait noyé.

— Mais non, s'écria Gribouille, je ne suis pas tombé à l'eau. Seulement quand j'ai vu la pluie redoubler, je suis entré dans l'eau de peur de me mouiller. J'ai toujours de bonnes idées.

— Ah! bien, dit Jeannot, du coup, mes sœurs vont trop rire. »

QUAND J'AI VU LA PLUIE REDOUBLER, JE SUIS ENTRÉ DANS L'EAU
DE PEUR DE ME MOUILLER

XII

Jeannot se trompait. Ses sœurs ne devaient pas rire, car au fond elles étaient bonnes et compatissantes. Il n'avait pas fini de parler que Gribouille, qui avait fait quelques pas vers eux, avait rencontré un trou et disparaissait subitement dans la vase.

C'en était fait de lui. Les exclamations de Jeannot et les lamentations de Lagingeole ne l'auraient pas sauvé, si Sultan, moins prodigue de paroles qu'eux, et qui par grand hasard passait par là, ne s'était, sans se faire prier, jeté à la nage. Il s'agissait de plonger, car de Gribouille plus rien n'apparaissait à la surface de l'eau. Sultan plongea et replongea, et ce ne fut qu'à la troisième fois qu'on vit reparaître le bon animal tenant solidement maître Gribouille par le fond de sa culotte.

Le pauvre Gribouille n'était pas brillant. Il avait perdu connaissance, mais il avait gardé sa clarinette, et c'eût été pour lui une consolation s'il avait pu apprécier son bonheur.

GRIBOUILLE

ON VIT REPARAITRE LE BON ANIMAL TENANT SOLIDEMENT MAITRE
GRIBOUILLE PAR LE FOND DE SA CULOTTE

XIII

Mais il était à cent lieues de penser à jouer son grand air.

Quand il revint à lui sur la rive où Sultan l'avait déposé tout ruisselant d'eau, et qu'il se trouva face à face avec la tête du bon chien, qui l'encourageait sagement de la voix à faire comme lui, c'est-à-dire à se secouer et à remuer pour se dégourdir un peu et rétablir la circulation du sang, Gribouille fut bien étonné. Il ne se rappelait plus de rien, sinon que de sa vie il n'avait bu tant d'eau. Sa vue était trouble, ses idées n'étaient pas nettes non plus. Bref, il était à cent lieues de se douter que Sultan fût son sauveur et l'eût tiré de la mare. Il se croyait encore au fond. Or, comme Gribouille était un garçon qui aimait à se rendre compte des choses, ne se sentant plus entouré d'eau et se voyant à sec sur le sol, il en conclut qu'il n'y avait que lui qui, à force de boire, de boire encore et de boire toujours, avait pu mettre la mare à sec.

Jeannot et Lagingeole le tirèrent heureusement de sa position et de ses illusions; l'un le prit par la tête, l'autre par les pieds, après quoi ils l'adossèrent contre le mur d'une petite masure qui se trouvait à quelques pas de là, dans une position qui lui permît de réfléchir plus à son aise.

« Je n'aime pas la pluie, répétait le pauvre garçon, sans trop
avoir conscience de ses paroles, et je sais pourquoi je
n'aime pas la pluie, c'est parce que ça mouille. »

ILS L'ADOSSÈRENT CONTRE LE MUR D'UNE PETITE MASURE

XIV

Peu à peu cependant un peu de lumière se fit dans son cerveau.

« Vertuchou ! se dit-il à la fin en se remettant sur ses deux pieds et en sentant l'eau sortir de ses manches et de ses chausses, mais non, je ne suis pas à sec du tout; mes habits sont trempés, et il me semble qu'au lieu de cheveux, c'est une éponge que j'ai sur la tête. Oh! là là, oh! là là, je ne pourrai jamais passer ma vie dans des habits si mouillés que cela. Si je les retournais, dit-il tout à coup.

— A-t-il de l'esprit! s'écria Lagingeole.

— Quel nigaud! s'écria Jeannot; non, bien sûr, je ne suis pas encore si bête que ça. »

Comme les habits de Gribouille n'étaient pas, on le pense bien, plus secs à l'endroit qu'à l'envers, force lui fut de mettre une vieille culotte, une grande vieille veste et un gros bonnet de laine qui appartenaient au propriétaire de la masure où il avait fini par trouver un refuge.

Tout cela était trop long et trop large pour lui, cela va sans dire, et il avait l'air si drôle dans ce nouveau costume, que Jeannot, que rien ne pouvait empêcher de rire, ne s'en retenait pas dès que son cousin avait le dos tourné. Lagingeole lui-même se permettait d'en faire autant.

GRIBOUILLE

FORCE LUI FUT DE METTRE UNE VIEILLE CULOTTE, UNE GRANDE
VIEILLE VESTE ET UN GROS BONNET DE LAINE

Le propriétaire de la masure était un vieux soldat qui avait été amputé pendant la dernière guerre, et qui, retiré sur un petit bien, n'avait plus rien à faire qu'à garder ses moutons. Tout en le remerciant de ses bons offices, Gribouille lui demanda insidieusement si c'était de naissance qu'il avait une jambe de bois.

Le brave soldat, fort étonné de la question, en prit occasion pour lui raconter ses campagnes et apprendre à Gribouille comment on défendait son pays.

« Il peut vous arriver de perdre la jambe et d'avoir à la remplacer par une jambe de bois, dit-il, et pourtant, jeune homme, il faut la défendre, sa patrie, dût-on comme moi en revenir mutilé.

— Bravo! bravo! s'écrie Jeannot enthousiasmé, vous êtes un brave, monsieur Jérome!! »

Gribouille était fort ému, lui aussi. Il serra la main du glorieux soldat.

« Ah! dit-il, c'est bien utile pendant le jour une jambe de bois! Mais la nuit, cela doit être bien gênant. Est-ce que vous couchez avec la vôtre? Vous devez faire des trous dans les draps? Votre maman ne doit pas être contente? »

Jeannot haussa les épaules :

« Pourquoi ne demandes-tu pas à monsieur Jérome, lui dit-il, si l'invalide à la tête de bois dont on parle tant dans les almanachs, garde sa tête sur ses épaules pour se mettre au lit? »

Le sergent se mit à rire. Gribouille se mit à réfléchir, et ne sortit de ses réflexions que pour demander au vieux militaire s'il avait beaucoup de camarades aux Invalides assez riches pour se payer des nez d'argent.

« Vous êtes bien heureux, lui dit-il, de n'avoir eu que votre jambe emportée par le boulet dont vous me parliez tout à l'heure ; un nez d'argent, cela vous aurait coûté trop cher, et même une tête de bois, cela doit n'être pas bon marché.

— Mon Dieu! mon Dieu! s'écria Jeannot, quel cousin! »

GRIBOUILLE

GRIBOUILLE LUI DEMANDA INSIDIEUSEMENT SI C'ÉTAIT DE NAISSANCE
QU'IL AVAIT UNE JAMBE DE BOIS.

Gribouille avait à peine fait cent pas hors de la cabane du berger qu'une troupe de petits garçons et de petites filles se mettaient à ses trousses en criant :

« Ohé! Ohé! un chien savant! Il va nous jouer la comédie. »

Et c'étaient des cris et des huées à rendre sourd.

« Il a pris les habits de son grand-père, disait la petite fille du marguiller.

— C'est pour avoir l'air respectable, répondait une autre.

— Il n'est toujours pas venu au monde avec ces habits-là, ajoutait un troisième.

— On dit que c'est un Parisien, criait un quatrième. Ah bien, ils sont jolis les Parisiens! c'est-il comme cela qu'on s'habille chez le roi? »

Gribouille confus s'en allait tête basse, et Jeannot, qui savait par expérience qu'essayer de faire taire des gamins qui s'amusent est impossible, marchait silencieusement à ses côtés, très-vexé et se contentant de dire tout bas de temps en temps à Gribouille :

« Surtout ne réponds pas; si tu as l'esprit de te taire, tu ne diras peut-être pas de bêtise. »

Mais Gribouille était si interloqué, si ahuri, qu'il n'aurait pas trouvé un mot à répondre.

GRIBOUILLE CONFUS S'EN ALLAIT TÉTE BASSE

« Sauvons-nous, sauvons-nous ! lui dit à la fin Jeannot exaspéré; quand nous serons chez papa, derrière les portes bien fermées, ils seront bien forcés de nous laisser tranquilles. »

Et prenant Gribouille par le bras, tous deux prirent leurs jambes à leur cou pour aller plus vite. Mais Gribouille, gêné par l'ampleur même de ses habits, avait grand'peine à suivre le petit Jeannot.

« Vois-tu, lui disait Jeannot tout en courant, il ne faut pas avoir trop d'idées; tu cherches toujours midi à quatorze heures, c'est un mauvais système; on me dit quelquefois que je suis trop simple, ça vaut peut-être mieux. »

Enfin, ils aperçoivent la maison de M. Jeannot; mais Sultan ne reconnaissait pas Gribouille dans ces grands habits-là. Heureusement qu'une des cousines avait eu soin de le tenir en laisse, car dans le premier moment Sultan aurait bien pu ne faire qu'une bouchée de celui qu'il avait si à propos arraché à la mort.

GRIBOUILLE, GÊNÉ PAR L'AMPLEUR MÊME DE SES HABITS, AVAIT
GRAND'PEINE A SUIVRE LE PETIT JEANNOT

XVIII

Justement M. Jeannot donnait ce soir-là un grand dîner en l'honneur de Gribouille. Gertrude, la cuisinière, avait mis les petits plats dans les grands; tout s'apprêtait pour une fête. Les convives étaient au grand complet. Gribouille avait refait sa toilette, et il était vraiment charmant. M. Jeannot le présentait comme un neveu déjà célèbre par des traits d'esprit toujours inattendus.

Désireux de faire bonne figure, Gribouille s'efforçait de saluer de tous les côtés à la fois et s'évertuait à dire quelque chose de très-aimable à tous et à chacun :

« Madame, dit-il à une belle personne, vous êtes presque aussi belle que nos dames de Paris; si vous vous teniez un peu moins raide dans votre corsage, il n'y manquerait rien du tout. Monsieur votre mari a un drôle de nez, mais pour un nez de campagne, il ne faut pas être exigeant. »

Voyant que ces propos de Gribouille jetaient un froid dans la conversation, Mme Jeannot dit que le dîner était servi et qu'il ne fallait pas laisser refroidir le potage.

Tout le monde fut de son avis et on passa dans la salle à manger sans plus s'occuper de Gribouille.

GRIBOUILLE

DÉSIREUX DE FAIRE BONNE FIGURE, GRIBOUILLE S'EFFORÇAIT
DE SALUER DE TOUS CÔTÉS A LA FOIS

XIX

Après le dîner, qui fut aussi abondant que choisi, on prit le café dans le jardin, et la tante, qui voulait faire briller Gribouille devant tout le monde et lui donner ainsi l'occasion d'une revanche, l'avait prié de jouer sur sa clarinette :

« Ah ! vous dirai-je maman, »

un grand air qu'il avait, disait-il, étudié à fond. Il se mit lestement à l'œuvre, en tenant ses yeux obstinément fermés.

« Pourquoi fermer ainsi les yeux quand tu joues ? lui demanda Mme Jeannot.

— Mais, ma tante, c'est que j'ai entendu dire qu'il n'y avait que les aveugles pour bien jouer de la clarinette. »

Le petit chien d'une de ces dames, l'écoutait assis sur son arrière-train avec beaucoup d'attention, il fut frappé de la justesse de cette réponse. C'était un chien qui, malgré sa petite taille, connaissait le monde et la vie.

« Ce jeune musicien a raison, se dit-il à part lui ; seulement, il n'a pas tout dit. A son compte, pour tout à fait bien jouer de cet instrument, il lui manquerait encore un caniche. »

Certes, si on avait su dans la société ce que dans son for intérieur le petit Azor pensait, on aurait trouvé sa réflexion aussi juste que la réponse de Gribouille.

SA TANTE L'AVAIT PRIÉ DE JOUER SUR SA CLARINETTE:
« AH! VOUS DIRAI-JE, MAMAN. »

XX

Gribouille finit cependant par avoir un grand succès ; il demanda à une de ses grand'tantes qui était à côté de lui, si elle avait jamais vu les tours Notre-Dame.

Cette tante lui demanda pourquoi il lui faisait cette question ?

« Oh ! répliqua Gribouille d'un air aimable, c'est que maman dit toujours que tu étais comme une perche avant de te marier, et que maintenant tu es comme ces tours-là. »

La conversation faillit se terminer là par une calotte que la tante indignée fit le geste de lui donner.

« Ne vous fâchez pas, ma tante, dit Gribouille ; papa venait de dire à maman quelque chose de bien gentil, et c'est en réponse à cela que maman lui avait répondu. Une femme bien élevée doit toujours répondre à son mari quand il lui parle.

— Et qu'est-ce qu'il avait dit de si gentil à ta maman, ton papa, pour qu'elle lui fît une réponse si désobligeante pour moi.

— Il lui avait dit, il lui avait dit, répondit Gribouille, espérant rarranger ses affaires, que quand vous étiez jeune fille vous étiez jolie comme un oiseau, mais que depuis que vous aviez épousé mon oncle, c'était à croire qu'on vous avait changée en nourrice. »

La tante, pour cette fois, ne se contenta pas du geste. Il eut la calotte, et personne ne trouvera qu'il l'eût volée.

GRIBOUILLE

IL EUT LA CALOTTE, ET PERSONNE NE TROUVERA
QU'IL L'EUT VOLÉE

XXI

A huit jours de là, M. Jeannot, qui en avait assez de Gribouille, décida qu'il le renverrait dès le lendemain à son père. Cependant, comme on eût été très-fâché qu'il eût le cœur gros d'une décision si subite : « Tu reviendras l'an prochain, » lui dit-on.

On lui donna un dîner d'adieu très-gentil, dont une dinde superbe faisait le plat de résistance. Gribouille trouva cette dinde si belle, si belle, et si bonne, si bonne, qu'il déclara à sa tante qu'on n'en avait jamais vu de pareille dans l'univers entier.

Et comme Gribouille était en somme un bon petit garçon qui avait toutes les reconnaissances et surtout celle de l'estomac, il supplia son oncle de lui permettre de planter dans le jardin une patte de cette excellente dinde.

« Comme ça, disait-il, j'en trouverai de pareilles l'année prochaine ; seulement il faudra bien recommander à Grégoire, votre jardinier, d'arroser ma patte très-souvent. »

L'oncle Jeannot trouva l'idée si originale qu'il ne voulut pas refuser à son neveu l'autorisation qu'il lui demandait.

Sitôt qu'on fut sorti de table, Gribouille, armé de la patte de la fameuse dinde, alla lui-même trouver le jardinier.

Grégoire entendait très-bien la plaisanterie ; il répondit à Gribouille qu'il aurait soin de sa patte de dindon comme de ses propres yeux, et que l'hiver venu il la rentrerait dans la serre pour qu'elle fût à l'abri de la gelée.

« Ce qui m'a donné mon idée, dit Gribouille à Grégoire, c'est la vue des marrons qui étaient dans la dinde : puisqu'on plante bien les marrons, me suis-je dit, on pourrait bien planter la dinde aussi, tout ça est fait pour aller ensemble.

— C'est juste, c'est juste, monsieur Gribouille, lui dit le brave Grégoire ; vous parlez comme un livre. »

Mais quand il eut le dos tourné :

« Voilà un petit garçon, se dit-il à lui-même, qui ferait mieux de faire arroser son esprit. J'en ai vu de bien godiches ! mais je n'en ai jamais vu de sa force. »

GRIBOUILLE

IL SUPPLIA SON ONCLE DE LUI PERMETTRE DE PLANTER DANS
LE JARDIN UNE PATTE DE CETTE EXCELLENTE DINDE

XXII

Gribouille, toujours escorté par Lagingeole, s'en retourna à Paris et au collége où, à son grand étonnement, il découvrit qu'il avait la réputation d'un garçon très-naïf. Pendant les récréations, sa joie était de jouer au bilboquet; cet exercice soutenu l'absorbait entièrement. Pendant qu'il s'y livrait, ses camarades lui attachaient des queues de cerf-volant aux basques de son habit, ou lui liaient les jambes avec des cordes. Il ne s'en doutait pas, et l'heure de la récréation finie, il était tout étonné de se voir tout à coup garrotté et orné de queues de cinq ou six pieds. Il riait le premier des rires de ses camarades qui, voyant qu'il prenait si bien les choses, s'empressaient de le délivrer, quitte à recommencer le lendemain ou à inventer quelque chose de nouveau.

Gribouille n'eut au collége qu'un succès qui ait laissé trace, on peut même dire qu'il dure encore. Il n'avait jamais pu apprendre à bien écrire, à ajuster, aligner et à bien former ses lettres. Il s'en suivait que, bien que ses devoirs ne fussent pas plus mal faits que les autres, comme le professeur ni personne ne parvenait à les lire, il était impossible de les classer suivant leur mérite. Cette détestable écriture, que son maître nommait des « *gribouillages,* » donna naissance à ce mot que l'Académie française a immortalisé en lui faisant les honneurs de son Dictionnaire. Il n'est pas un écolier qui ne sache ce qu'il en coûte de se permettre de *gribouiller* au lieu d'écrire, et celui qui écrit cette histoire de l'enfance de Gribouille le sait mieux qu'un autre. Que de pensums lui ont valu ses gribouillages, et, soit dit entre nous, il en mériterait bien souvent encore si les habiles imprimeurs, qui savent tout lire, en composant et imprimant ses pattes de mouches, ne parvenaient à les rendre à peu près lisibles.

PENDANT LES RÉCRÉATIONS, SA JOIE ÉTAIT DE JOUER
AU BILBOQUET

J. HETZEL & Cie, 18, rue Jacob. — PARIS.

Bibliothèque illustrée de Mademoiselle Lili et de son cousin Lucien.

74 ALBUMS STAHL — DESSINS DE FRŒLICH
en 3, 7, 8, 9 et 12 couleurs.

	Cart.	Rel.
*LA MARMOTTE EN VIE, 8 planches	1 50	3 »
*LES MÉTAMORPHOSES DU PAPILLON, 8 planches par MATTHIS	1 50	3 »
*DON QUICHOTTE, 8 planches par GEOFFROY	1 50	3 »
*LA PÊCHE AU TIGRE, 8 planches par DE LUCHT	1 50	3 »
NOUS N'IRONS PLUS AU BOIS, 8 planches	1 50	3 »
MONSIEUR DE LA PALISSE, 8 planches	1 50	3 »
MONSIEUR DE CRAC, 8 planches par GEOFFROY	1 50	3 »
LE ROI DAGOBERT, 8 planches	1 50	3 »
GIROFLÉ, GIROFLA, 8 planches	1 50	3 »
LE POMMIER DE ROBERT, 8 planches	1 50	3 »
LA BRIDE SUR LE COU, 8 planches	1 50	3 »
LA TOUR, PRENDS GARDE, 8 planches	1 50	3 »
MALBROUGH S'EN VA-T-EN GUERRE, 8 planches	1 50	3 »
LA BOULANGÈRE A DES ÉCUS, 8 planches	1 50	3 »
LE CIRQUE A LA MAISON, 8 planches	1 50	3 »
IL ÉTAIT UNE BERGÈRE, 8 planches	1 50	3 »
LE MOULIN A PAROLES, 8 planches	1 50	3 »
MONSIEUR CÉSAR, 12 planches	1 50	3 »
HECTOR LE FANFARON, 8 planches	1 50	3 »
CADET ROUSSEL, 8 planches	1 50	3 »
AU CLAIR DE LA LUNE, 8 planches	1 50	3 »
JEAN LE HARGNEUX, 16 planches	2 »	3 50
HISTOIRE D'UN AQUARIUM ET DE SES HABITANTS, texte par VAN BRUYSSEL, 8 dessins par RIOU	5 »	7 50

PREMIER ET SECOND AGES — JEUNES FILLES — JEUNES GARÇONS.
ALBUMS STAHL.

	Cart.	Rel.
*LA SALADE DE LA GRANDE JEANNE, 24 dessins de FRŒLICH	3f »	5f »
*LES PETITS ROBINSONS DE FONTAINEBLEAU, 24 gravures de MÉAULLE	3 »	5 »
*GRIBOUILLE, 24 dessins par FATH	3 »	5 »
MADEMOISELLE LILI AUX EAUX, 24 dessins par FRŒLICH	3 »	5 »
LA PETITE DEVINERESSE, 24 dessins par FROMENT	3 »	5 »
CHIENS ET CHATS, 24 dessins par LAMBERT	3 »	5 »
MON PETIT FRÈRE, 24 dessins par VALTON	3 »	5 »
CERF-AGILE, Histoire d'un petit Sauvage, 23 dessins par FRŒLICH	3 »	5 »
HISTOIRE D'UN PERROQUET, 24 dessins par PIRODON	3 »	5 »
JOCRISSE ET SA SŒUR, 24 dessins par FATH	3 »	5 »
LES TRAVAUX D'ALSA, 24 dessins par SCHULER	3 »	5 »
L'A PERDU DE Mlle BABET, 24 dessins par FRŒLICH	3 »	5 »
LA GRAMMAIRE DE Mlle LILI, par JEAN MACÉ, 24 dessins par FRŒLICH	3 »	5 »
HISTOIRE DE BOB AINÉ, 32 dessins par PIRODON	3 »	5 »
LE ROSIER DU PETIT FRÈRE, 24 dessins par LALAUZE	3 »	5 »
HISTOIRE D'UNE MÈRE, 25 dessins par COINCHON	3 »	5 »
LES BONNES IDÉES DE Mlle ROSE, 24 dessins par DETAILLE	3 »	5 »
PIERROT A L'ÉCOLE, 33 dessins par G. FATH	3 »	5 »
LES MÉFAITS DE POLICHINELLE, 32 dessins par G. FATH	3 »	5 »
ALPHABET DE Mlle LILI, 30 dessins par FRŒLICH	3 »	5 »
L'ARITHMÉTIQUE DE Mlle LILI, 38 dessins par FRŒLICH	3 »	5 »
BONSOIR, PETIT PÈRE, 24 dessins par FRŒLICH	3 »	5 »
LES CAPRICES DE MANETTE, par le Mis DE CHENNEVIÈRES, 24 dessins par FRŒLICH	3 »	5 »
LES COMMANDEMENTS DU GRAND-PAPA, 32 dessins par FRŒLICH	3 »	5 »
LA JOURNÉE DE Mlle LILI, 24 dessins par FRŒLICH	3 »	5 »
LE PETIT DIABLE, 33 dessins par FRŒLICH	3 »	5 »
Mlle LILI A LA CAMPAGNE, 27 dessins par FRŒLICH	3 »	5 »
MONSIEUR TOC-TOC, 26 dessins par FRŒLICH	3 »	5 »
LE PREMIER CHEVAL ET LA PREMIÈRE VOITURE, 24 dessins par FRŒLICH	3 »	5 »
LES PREMIÈRES ARMES DE Mlle LILI, 25 dessins par FRŒLICH	3 »	5 »
L'OURS DE SIBÉRIE, 24 dessins par FRŒLICH	3 »	5 »
LA BOITE AU LAIT, 32 dessins par FROMENT	3 »	5 »
HISTOIRE D'UN PAIN ROND, 24 dessins par FROMENT	3 »	5 »
CAPORAL, LE CHIEN DU RÉGIMENT, 26 dessins par LANÇON	3 »	5 »
LE PETIT TYRAN, 24 dessins par A. MARIE	3 »	5 »
LES PETITES AMIES, 24 dessins par O. PLETSCH	3 »	5 »
*MONSIEUR JUJULES, 49 dessins par FRŒLICH	5 »	7 50
PETITES SŒURS ET PETITES MAMANS, 49 dessins par FRŒLICH	5 »	7 50
ODYSSÉE DE PATAUD ET DE SON CHIEN FRICOT, 100 dessins par CHAM	5 »	7 50
PIERRE LE CRUEL, 35 dessins par GRISET	5 »	7 50
LE ROYAUME DES GOURMANDS, 48 dessins par FRŒLICH	5 »	7 50
MADEMOISELLE MOUVETTE, 49 dessins par FRŒLICH	5 »	7 50
LA RÉVOLTE PUNIE, 45 dessins par FRŒLICH	5 »	7 50
VOYAGE DE Mlle LILI AUTOUR DU MONDE, 49 dessins par FRŒLICH	5 »	7 50
VOYAGE DE DÉCOUVERTES DE Mlle LILI, 49 dessins par FRŒLICH	5 »	7 50
LA BELLE PETITE PRINCESSE ILSÉE, 44 dessins par FROMENT	5 »	7 50
LA CHASSE AU VOLANT, 45 dessins par FROMENT	5 »	7 50
AVENTURES DE TROIS VIEUX MARINS, 38 dessins par GRISET	5 »	7 50
LE PREMIER LIVRE DES PETITS ENFANTS, 36 dessins par TH. SCHULER	5 »	7 50

Les Nouveautés pour 1879 sont marquées d'une *.

MAGASIN ILLUSTRÉ D'ÉDUCATION ET DE RÉCRÉATION
COURONNÉ PAR L'ACADÉMIE FRANÇAISE.
DIRECTEURS: JEAN MACÉ, P.-J. STAHL, JULES VERNE.

Abonnement d'un an: Paris, 14 fr.; Départements, 16 fr.; Union postale, 17 fr.

Chartres. — Imprimerie Édouard GARNIER